AF346389

VENTE

APRES DÉCÈS DE

LÉON DUEZ

HOTEL DROUOT, SALLE N° 1

Le Lundi 29 Novembre 1897

A DEUX HEURES

EXPOSITION PUBLIQUE

Le Dimanche 28 Novembre 1897

De 1 heure 1/2 à 5 heures 1/2

<table>
<tr><td>Mᵉ G. DUCHESNE
COMMISSAIRE-PRISEUR
Rue de Hanovre, 6</td><td>M. G. SORTAIS
PEINTRE-EXPERT
Rue Mogador, 4</td></tr>
</table>

PARIS — 1897

IMPRIMERIE MAULDE ET RENOU

MAULDE, DOUMENC & Cie

IMPRIMEURS DE LA COMPAGNIE DES COMMISSAIRES-PRISEURS

Rue de Rivoli, 144

VENTE APRÈS DÉCÈS

DE

LÉON DUEZ

TABLEAUX, AQUARELLES

Pastels, Dessins, Eaux-Fortes

ET AFFICHES ILLUSTRÉES MODERNES

PAR

Brown (J.-L), Butin (U.), Chéret (J.)
Clairin (G.), Detaille (E.), Duez (E.), Jacquet (G.), Jourdain (R.)
Legrand, Maincent, Mathey, Paillet, Paris
Fournery, etc.

OBJETS D'ART & ARMES

Provenant de sa Collection ou offerts par les Artistes·

HOTEL DROUOT — SALLE N° 1

Le Lundi 29 Novembre 1897, à 2 heures

Mᵉ G. DUCHESNE	M. Georges SORTAIS
COMMISSAIRE-PRISEUR	PEINTRE-EXPERT
Rue de Hanovre, 6	Rue Mogador, 4

CHEZ LESQUELS SE TROUVE LE CATALOGUE

EXPOSITION PUBLIQUE

Le Dimanche 28 Novembre 1897, de 1 h. 1/2 à 5 h. 1/2

PARIS — 1897

CONDITIONS DE LA VENTE

—

Elle sera faite au comptant.

Les acquéreurs paieront CINQ CENTIMES PAR FRANC, en sus des adjudications.

Aucune réclamation ne sera admise une fois l'adjudication prononcée.

MAULDE, DOUMENC et Cⁱᵉ, imp. de la Cⁱᵉ des Commissaires-Priseurs, rue de Rivoli, 144.　　300—70480

DÉSIGNATION

—

TABLEAUX

CHÉRET (JULES)

1 — Portrait de Mme C..., costume blanc.

CHÉRET (JULES)

2 — Portrait de Mme L. D...

CLAIRIN (GEORGES)

3 — Femme Fellah.

> Dessin au crayon Conté.
> Don.

DAVID (J.)

4 — Touristes au bord de la mer.

DUEZ (ERNEST)

5 — A la Maternité. Deux Nourrices.

DUEZ (ERNEST)

6 — A la Maternité. Une Nourrice.

DUEZ (ERNEST)

7 — L'Évêque de Liège.

DUEZ (ERNEST)

8 — Un Jour de pluie au bord de la mer, à Villerville.

DUEZ (ERNEST)

9 — Un Intérieur de cour de campagne.

DUFAUD (R.)

10 — La Plage vue des hauteurs de Villerville.

HAYON (L.)

11 — Une Gardeuse d'oies.

HUGUES

12 — Une Baigneuse.

JOURDAIN (Roger)

13 — Dans l'Ile, à Bougival.

JOURDAIN (Roger)

14 — La Plage à Villerville ; estacade du bain.

LEGRAND (René)

15 — Les Meules.

LEGRAND (René)

16 — Environs de Villerville ; marine.

MAINCENT (Gustave)

17 — Les Bords de la Seine.

MATHEY (Paul)

18 — Les Bruyères.

MATHEY (Paul)

19 — Portrait de Femme.

MATHEY (Paul)

20 — Natures mortes.

AQUARELLES, PASTELS, DESSINS
EAUX-FORTES & AFFICHES

BROWN (John-Lewis)

21 — Les Courses à éventail.

> Aquarelle.
> A été exposée aux Aquarellistes.

BUTIN (Ulysse)

22 — Fils de Marin.

> Beau dessin au crayon noir.

CLAIRIN (Georges)

23 — Personnages marocains assis par terre au soleil.

> Dessin à la mine de plomb.

CLAIRIN (Georges)

24 — Italienne au tambour de basque.

DETAILLE (Édouard)

25 — Une Aquarelle.

> Don.

DUEZ (Ernest)

26 — Bonnard-Bidault.

Aquarelle.

DUEZ (Ernest)

27 — Le Cimetière de Villerville.

Aquarelle.

DUEZ (Ernest)

28 — Bords de la mer à Villerville.

Aquarelle.

DUEZ (Ernest)

29 — Un coin de corniche de Notre-Dame de Paris.

Dessin au crayon noir.

DUEZ (Ernest)

30 — Le Singe.

Eau-forte, ép. av. la lettre, signée.

DUEZ (Ernest)

31 — Florian.

Eau-forte av. la lettre, signée.

DUEZ (Ernest)

32 — La Veuve du Marin.

Eau-forte av. la lettre, signée.

JACQUET (Gustave)

33 — Une Fête au moyen âge, musiciens dans une barque.

Croquis à la mine de plomb.

JACQUET (Gustave)

34 — Femme vue de dos.

Pour la Fête au moyen âge.
Croquis à la mine de plomb.

FOURNERY (Félix)

35 — Baigneuse.

Dessin à la plume rehaussé d'aquarelle.

JOURDAIN (Roger)

36 — Le Coup de vent ; souvenir de Wanga.
Aquarelle.

JOURDAIN (Roger)

37 — Le Lundi.

Dessin à la sépia.

KELLIN

38 — Vue d'une Place.
  Aquarelle.

LACOSTE (Eugène)

39 — Bords de Rivière sous bois.
  Aquarelle.

LACOSTE (Eugène)

40 — Cul-de-sac dans un village.
  Aquarelle.

LACOSTE (Eugène)

41 — Venise ; La Saluté.
  Don.

PAILLET (Fernand)

42 — Chrysanthèmes.
  Pastel.

PARIS (Alfred)

43 — Arrivée d'une colonne de Spahis dans un Oasis.

44 — Entrée d'une Ville en Algérie.
  Deux pendants.

CHÉRET, GRASSET, PAL, ETC.

45 — Importante collection d'Affiches illustrées.

46 — Sous ce numéro tableau omis.

ARMES ANCIENNES ET MODERNES
OBJETS D'ART ET DE CURIOSITÉ

47 — Carabine Winchester.

48 — Tromblon.

49 — Fusil oriental, canon gravé et incrusté d'or.

50 — Fusil à tabatière 1868 et sabre-baïonnette.

51 — Deux Carabines anglaises.

52 — Yatagan à lame droite gravée et incrustée, fourreau bois sculpté.

53 — Sabre oriental, poignée en argent gravé.

54 — Sabre à lame courbe.

55 — Deux sabres sans fourreau.

56 — Sabre japonais, poignée en peau de crocodile garnie de bronze, fourreau en laque.

57 — Sept sabres japonais, fourreau en laque aventuriné.

58 — Autre petit sabre japonais.

59 — Deux poignards arabes, dont un à lame damasquinée d'or.

60 — Couteau Catalan.

61 — Trois poignards orientaux, dont un à fourreau et poignée niellés.

62 — Deux poignards orientaux.

63 — Dague avec poignée incrustée d'argent.

64 — Quatre casse-têtes orientaux en bois et fer.

65 — Cuirasse chinoise.

66 — Fontaine et son bassin en cuivre rouge, décor à armoiries.

67 — Horloge ancienne.

68 — Jardinière en verre rouge monture en cuivre ajouré.

69 — Six masques japonais dont trois dans une vitrine.

70 — Plat faïence émaillée de Lachenal : Les grenouilles.

71 — Ecritoire en faïence ancienne.

72 — Divinité indienne en albâtre sculpté.

73 — Soufflet ancien.

74 — Statuette d'Erigone en plastique.

·75 — Dix figurines italiennes en bois sculpté et
peint.

76 — Masque oriental en bois sculpté et peint.

77 — Instrument de musique oriental.

78 — Sonnette en bronze ancien.

79 — Mors et paire d'étriers.

80 — Deux éventails, dont un du temps de
Louis XVI.

TABLEAUX ET DESSINS

Adjoints à la Vente

TABLEAUX

81 — **Berchère.** Paysage d'Orient avec figures.

82 — **Bronzino (Cosmo),** dit le (Genre de). Portrait de Femme en buste.

83 — **Diaz** (Attribué à) dans sa première manière. Réunion d'enfants turcs dans un jardin.

84 — **Eisen** (Charles) le Père. Les Plaisirs de la table.

85 — **Eisen** (Charles) le Père. Le Concert.

> Deux charmants petits tableaux se faisant pendant. Signés au bas.

86 — **Fragonard** (D'après). Le Chiffre d'amour.

87 — **Frère** (Théodore). L'Aqueduc de Saladin au Caire.

88 — **Goupil** (Léon). Fleurs dans un verre.

89 — **Lapostolet.** Barques de pêche au port. (Deux Études).

90 — **Largillière** (École de). Portrait de Femme. Cadre en bois sculpté.

91 — **Lesourd de Beauregard.** Fleurs.

92 — **Mols** (Robert). L'Iser à Nieuport à marée basse.

93 — **Netscher** (genre de). Portrait de Femme. Cadre bois sculpté.

94 — **Pater** (École de Jean-Baptiste). Réunion galante des personnages de la Comédie italienne, dans un Parc.

95 — **Penne** (Olivier de). Portrait de Chien de chasse.

96 — **Perrin** (Charles-Nicaise). Portrait présumé de l'Artiste et de sa Femme.

> Elle est assise de face, décolletée, en robe blanche à transparent rose, le bras appuyé sur un métier à tapisserie.
> Derrière elle son mari se tient debout, vêtu d'un habit en poult de soie, la main dans le gilet.
> Dans le fond une cheminée avec pendule et girandoles.
> Signé au bas à droite. Cadre en bois sculpté.

97 — **Protais.** Chasseur de Vincenne en sentinelle.

98 — **Rogman.** Deux Vaches. Étude.

99 — **Vernet** (École de Joseph). Paysages marines. Deux dessus de porte.

100 — **Vigie** (Louis). Portrait d'Homme.

101 — **Watteau de Lille** (Genre de). Propos de galant militaire.

102 — **École italienne.** Les Hébreux se désaltérant après le frappement du Rocher.

103 — **École italienne.** Sainte Marguerite.

DESSINS ET AQUARELLES

104 — **Bouchardon.** Le vent d'Orient. Dessin à la sanguine. (Coll. Mariette et de Goncourt.)

105 — **Boucher** (François). Bergère. Dessin aux deux crayons.

105 *bis* — **Boucher** (François). Tête de coquette. Dessin à la sanguine.

106 — **Daubigny** (Charles). Portrait du mouleur Malézieux. Dessin à la mine de plomb.

107 — **Gélibert** (Charles). Oiseaux et Insectes. Aquarelle.

108 — **Glain.** Portrait de jeune Fille ; en costume de satin blanc, décolletée. Pastel signé et daté à droite.

109 — **Japy**. Bateau de pêche par un soleil couchant. — Pâtre gardant des vaches. Deux aquarelles.

110 — **Leonec** (Paul). Un Marin. Aquarelle.

111 — **Leprince** (Léon-Baptiste). Scène de camp. (Voyage en Russie). Aquarelle.

112 — **Millet**. Gravure par Jacquet. Le Printemps. Epreuve avant la lettre.

113 — **Prud'hon** (Ecole de). Portrait d'Homme. Dessin.

114 — **Rameau** (Jean). Intérieur de Bois. Pastel.

115 — **Roullet** (Gaston). Tempête. Aquarelle.

116 — **École française** (xviiie siècle). Portrait de Femme décolletée en corsage bleu. Pastel.

117 — **École française**. Le Jardin du couvent, deux paysages avec figures. Dessins à la sépia.

118 — Dessins et Gravures anciennes, lot important (sera divisé).

119 — Tableaux et Dessins non catalogués.

9 782329 404899